文学
宁夏

“文学宁夏”丛书编委会名单

山歌行

马占祥 著

作家出版社

马占祥，回族，中国作协会员，1974年2月生于宁夏同心县。出版诗集《半个城》《去山阿者歌》。

文学是这块土地上最好的庄稼

崔晓华

塞上金秋，天高云淡，风清月明，“稻花香里说丰年，听取蛙声一片”。在这诗情画意的美好季节，我们满怀喜悦的心情，迎来宁夏回族自治区成立六十周年。

宁夏地处祖国西部，是中华远古文明发祥地之一、丝绸之路重要节点，优秀传统文化遗存丰厚，自然历史内蕴丰富多样，历朝历代文人墨客留下数以千计的诗词文赋，譬如人们耳熟能详的“大漠孤烟直，长河落日圆”“蝉鸣空桑林，八月萧关道”等，表达了诗人或豪迈或忧伤的爱国情怀；宁夏是革命老区，1936 年，红军长征途经这里，留下灿烂的革命文化，毛泽东书写了脍炙人口的光辉诗篇《清平乐·六盘山》。古往今来，文学的特质、精神的象征、家园的意识，深刻地嵌入其中，并且流传至今，仍在流传。“长风破浪会有时，直挂云帆济沧海。”岁月蹉跎，沧桑巨变，伴着九曲黄河悠远的涛声，我们回顾自治区走过的历程，一幅幅画面徐徐展开：艰辛、曲折、繁荣、辉煌。“思理为妙，神与物游”。宁夏大地半个多世纪所发生的翻天覆地的变化，回汉各族人民日新月异的生活，以及改革开放四十年，特别是党的十八大以来取得的新成就，让我们感慨、激动、振奋。对于宁夏文学，对于宁夏作家，这既是记忆，也是现实，更是根植人民、观照时代、承接历史、面向未来，而“出人才出作品”是最丰盛最具正能量的“活性因素”。

文艺的春天阳光普照。二十世纪八十年代之初，宁夏文学事业步入繁荣发展的快车道，宁夏文坛开始呈现人才辈出的可喜局面，其显著标志便是——“宁夏出了个张贤亮”（著名评论家阎纲语），脱毛之隼搏击长空，成为享誉中国和世界文坛的著名作家。与此同时，以张贤亮为代表的一代作家，用自己的成就和影响有力地带动和促进了宁夏的文学创作，以及宁夏作家群的形成，这是一支颇为壮观的、以青年作家为主力军的队伍，并且呈现出良好的势头；他们的作品给文学界增添了异彩，给广大读者留下了深刻印象；他们突破地域的局限，向全国文坛迈进，终于实现了宁夏当代文学的跨越式发展。

2016 年 5 月，中国作协主席铁凝以《文学照亮生活》为题，将公益大讲堂的首课放在宁夏西吉县。原因是宁夏西吉县是中华文学基金会命名的全国首个“文学之乡”。宁夏的作家，有相当部分出自西吉，形成密集之势。西吉的作家们有这样一句话：文学就是西吉这块土地上生长得最好的庄稼。铁凝主席掷地有声地补充了一句：文学不仅是西吉这块土地上生长得最好的庄稼，西吉也应该是中国文学最宝贵的一个粮仓！表明了中国作协对宁夏文学的高度关注和重视。

生活滋养文学，文学照亮生活。

关于宁夏作家的成长，很有必要进行一次简要的回顾。宁夏作家大多数来自基层，出生于二十世纪六十至八十年代。众所周知，那时的农村和乡镇偏远落后、艰苦寂寞，长期生活在这样的环境中，经历的困苦和磨难充满了他们的记忆，在这样的记忆里，似乎是苦难多于欢乐，乃至重叠着父辈们流浪、迁徙的背影和脚印。但是，他们也有独特的优势，脚下是历史文化积淀深厚的塞北大地，这样的地气会潜移默化地影响他们的性格和气质，后来伴随着解放思想、改革开放的步伐，他们又接受了良好的文化教育，强烈地产生了精神生活的基本需要和诉求，而这种需要和诉求必须通过心灵劳作得以实现，他们因此怀有宗教般神圣和虔诚的文学梦想。于是，从二十世纪九十年代开始，宁夏青年作家经过多年的艰苦跋涉和磨砺，终于营造出一道亮丽的文学景观——以其朴实的生活经验和历史记忆、独特的生命感悟和言说方式，发出本真的、诗性的、充满灵智的声音，显露出文学突围的意义和价值。改革开放以来，宁夏的中青年作家，一方面由于长期浸淫于西部的人文气候和特殊的历史文化环境，另一方面本着对传统文学资源的信仰和坚守，使得他们的作品在书写和表达上，继续保持着古典文学特有的诗意，以及民族语言特殊的美质。尤其重要的是，在全球化语境下，宁夏作家不跟风、不时尚、不焦躁，内心安静，他们通过带有浓厚的地域性、本土化的写作，以及对西部整体的文化关怀和持续不断的挖掘，呈现出来的是西部大地上的传统与现代、历史与现实、敏感与顽固、苦难与信念、理想与追求，是西部人的宽厚、隐忍、执著、抗争、牺牲，等等。同时，他们的作品由于客观、真实的叙写，因此又有着社会学、历史学、民俗学的意义和价值。正是他们对传统文学资源的坚守和继承，从而取得了令人瞩目的文学成就。宁夏作家群的形成和崛起，以及他们的人文立场、精神向度、情感因素和创作风格，不仅预示着西部文学的广阔前景，也不断丰富着当代中国文学的意义系统。

概括地讲，这六十年是宁夏经济社会发展取得辉煌成就的六十年，也是宁夏文学不断繁荣兴盛的六十年。作家队伍生机勃勃，新人不断涌现；文学创作空前活跃，高潮迭现；文学作品硕果累累，产生了一大批记载历史、见证变迁、叙写西部、反映时代、宣传宁夏的独具特色的优秀作品。

庆祝宁夏回族自治区成立六十周年之际，我们编辑了这套二十卷本的“文学宁夏”丛书。这套丛书的出版，是宁夏文学事业的一件大事。宁夏文联高度重视，几经酝酿，广泛征求意见，本着好中选优的原则，给予确定。入选该丛书的作家系“60后”“70后”和“80后”，既有作家、诗人，也有评论家，他们创作的优秀作品情厚境美、韵味深长，具有浓郁的生活气息、地域特色和时代特征，有的荣获鲁迅文学奖、少数民族文学创作“骏马奖”、庄重文文学奖、茅盾文学新人奖、《人民文学》奖、《诗刊》奖、《小说选刊》奖、《十月》文学奖等重要奖项，有的多次荣登中国小说学会年度排行榜；有九名作家作品集入选中国作协“21世纪文学之星丛书”；大量优秀作品被国内有影响力的期刊和选本发表、转载和选入，还有相当部分作品被翻译成多种文字推介到国外。这套丛书的出版，是宁夏中青年作家的又一次集体亮相，也是对宁夏文学成就的进一步展示，旨在精要地反映宁夏文学的优秀成果，以便读者能够比较全面地了解宁夏文学创作的基本面貌，为研究者提供较好的选本。这套丛书的出版，也是给宁夏回族自治区成立六十周年的献礼。总之，这套丛书的出版，意义重大。

“好雨知时节，当春乃发生。”宁夏地处西部，西部是中国文学的广阔沃壤。人民是大树，作家是小鸟，小鸟只有栖息在大树上，才能够自由地歌唱。在此，真诚地祝愿宁夏作家们以社会主义核心价值观为统领，秉持以人民为中心的创作导向，绽放更加绚烂的文学之花；真诚地祝愿宁夏文学沐浴着古老黄河的神韵，乘着新时代的强劲东风，向着中国文学乃至世界文学的浩瀚大洋奔流而去……

（作者系宁夏文联党组书记、副主席）

目录 CONTENTS

那么久远的事

第三棵槐树的字典里有段词句属于叙事。我的抒情已经凋零
和一片叶子的宿命如此相像。我要对你说的是：那时
街道边的槐树还在绿着。我们相对无言
人间的辽阔处几朵云还在浪迹苍穹。几个人正走在
不同的道路上。有人相逢是一场留下来的剧目
有人离别是被遗忘的细节。我拥抱的风声并不响亮
那是多么久远的事了！只有在梦中，我忘乎所以
我们的对话没有起伏：那么久远的事
像昨天，像停在西山的云朵
突然红起来，烧着一团火，把白色藏在心里

双人城

双人城里的修辞学没有寓意
无足轻重的部分被落日余光慢慢覆盖
这小城只有两个人：我和她，我的和她的
我要写的无非是：农民路上汹涌的灯火阑珊
每株槐树都心怀爱意，有轻微的喜悦
她的渊源简洁而直白，像一条没有弯道的前途
我看到她时，刚好保持了两株槐树的距离
这并行的路途如此遥远
她给小城下的战书还在，我手里免战牌还没挂起

闻香

古代的事件——诗歌里有香气芬芳，石头上长着
汉字的苔藓。你知道的，那些节日里，点燃的香前赎罪的人
和祖先说的话都不容易。那时的爱情里还有笑容和泪水

然而，现在，有些人累了，躺在突兀的空白处

秋日，湖水的涟漪泛起逆光

我站在人类的角度看湖水，波澜微小
透彻的水空着
没有什么能再次将它补满。岸边堆着厚厚的鱼尸
——它们没有战争，没有灾荒
它们像废墟，像我写的句子
或被俗世污染，或罹难于虚构的窒息
——它们退出了一场现代戏剧

现在是秋日，现代文明在湖面浅浅地泛起一池逆光

小情节

街道拐角处尽是喧嚣：手工业者的幌子在叫卖美学
二道贩子手中的白玉兰有诗歌的忧伤
多么美好！花朵和云朵
一个在抚慰人间的伤口，一个在抽象的天空收藏飞翔
——加上槐树落下锈迹斑驳的叶片
加上抱着盲人胳膊的小男孩，再加上几个戴着白帽的亲戚
这人间的小情节多么完整——大道至简的烟火人间

秋风歌

把白天吹成黑夜。不可自持的吹拂
散漫，而且不按套路出牌
我习惯于看这秋风修正它的叙述
有时，它是潦草的
刚好忘记修正沿途卖衣服的、卖烧烤的，以及
晚行者的脚步，使这凌乱的生活透出一些不可预知

旅人歌

冶力关的山中日月长。梅花鹿视我如尘埃。我的名字
不是班卓、扎西、桑吉。我面孔略白
习惯中亚的阳光。被河西走廊分开的高原
一边青藤复活嶙峋参差的石头。另一边
雪松擦拭天空。我只跟随幼年的风奔跑
胸中的河流和山峦都是故乡
胸中的白骨还有一点点暗伤

阳关曲

天空空着，天空没有拿出的云朵的零散
树木集合在一起，布置人间

它们都有对立面——无垠的戈壁
砂砾铺开平面的瀑布。我陷入正午的热浪中

在阳关，我心中有火，我的空阔
被风和落日的磅礴之姿瞬间突破

铁线莲

一朵花抱着石头。一朵花必有不可告人之处
它低于人类开放，像铁心肠的佛
它呈现的美走投无路
我无法爱它，它早已名花有主
我是下里巴人，心有世俗的爱恋和悲伤
这悲伤来自于我远离人世
独自走在山中，突然想起死亡并不如花朵凋谢般美丽

劈柴歌

我劈的是命

我劈的是瘦水孤山。我劈的是分花拂柳

我劈的是之乎者也。我劈的是曾经沧海

我把美和伤口劈成两半

我劈的是天地恒久

有一川花红易逝

有半亩闲庭零落

我一寸肝肠终日不安

我劈“往者不可追也”

我劈开经文里的香味，露出众生有苦

那么美好

我低头——需要多么大的勇气？我的罪过呢
以七个白天和黑夜的隐忍谋杀一场欢事。这片疆域上
起伏的山峦上白云毅然流亡。深深的沟壑里，遍布的草木
耗尽了无边风声。我潜伏在你身边，暗生爱意
像一个形容词强调中心词的重点部分
那么美好！那么茫然的低头——一株水蓬已慢慢靠近
一株苦籽蔓纠缠的绿。是的，那么美好

城南歌

城南有苍槐，“上与浮云齐”，虬枝如铁。南山多云
拧一把云朵，有大雨如注——天空的水流落人间
草木皆有命——草木皆掏出身体里的雪花
鸟兽有喜——翅膀上云朵四溅，趾爪下大地汹涌
我眼中的火已慢慢苍老。雨啊！在城南像经卷中的字迹
使劲明亮——波纹悲欢起伏

——这是宁夏南部山区，志书里写道：降雨量二百毫米
蒸发量两千毫米。我在城南吟诗：“岁已莫矣，而禾不获”

过梨花咀村

村名梨花咀。山路，名起伏，字曲折，别号草木丛生
槐树在积雪覆盖的山垣攒足底气。天空，几只麻雀像硬币
收购树枝和叫声：我描摹的山河中删掉了一部分山峦
添了一条会拐弯的河流，删掉安静——在羊肠小道上还走着
几个走庄串户的人——小地域的版图缺乏美学
星罗棋布的屋舍像灯盏沿途依次点亮尘世

路过梨花咀村，我举着内心的旗帜“登彼丘陵”
在一朵云上写下：人间的喜悦和哀伤都是旧路

晚登山垣歌

晚登山垣，看闲云，看一群鸟飞翔的孤单。“天地有大美”
天地间，一股风在慢且寂寥地吹过：那么慢——吹拂
那么寂寥——像徘徊的神祇。在山垣
我和自己的影子保持合适的距离，互为隐喻
像两株同病相怜的香茅草相依为命。夜色的大幕即将遮住
人间的戏份：人间灯火点亮漫天星光
我已被风吹空——我的影子像热爱过后留下的残缺灰烬

给一部分山川读诗

面对一部分山川，我写过：世界如此之大，大得空洞而苍茫
我小，小得可以忽略——且不能盛下所有幻象和恐惧

我读她的肉身给我温度——她山上的莎草是我要操持的语言
我读的诗句崎岖陡峭——汉语打着结巴，文字迷失于纸页

二月歌

二月的雪把花朵叠起来，放在山脚，也放在水中
——那迷局是天空布置的：风声的窃窃私语中有
沸腾的寒冷。我就是一个怀疑论者——这白，这流逝的节令
这花，这缓慢的华年——这二月独断专行的时日
病入膏肓的美啊！我啊！我有白色的体温，我疼
我与世间亲人勘正各自的误区，抱着称王的大印

我说

我对自己说过
你是个好人，有隐秘的泪水的哭泣和断崖一样紧张的偏见
你止于枯萎。你的诗歌只是借宿你肥硕的肉身
你的错杂草丛生。你遮蔽自己的熄灭的火，拆卸了蓬勃
你不值得推敲。你收藏的寺庙门楣紧闭

我对自己说：这些都不足道，这些都是必然

白雪歌

——致聂权

噫於戏！我以伪诗佐酒，劝我饮者，京都浪人聂权
这农历复制的浮世啊！你等的春天还没来，山上熟睡的草木
怀抱大梦陷于白雪。一人袖手，一人“于食有福”。这纬度
无处安身。我陪着你领受外乡的余欢，在北风中互相敌视
你看：花朵有了翅膀。你看：我们的亲人
已经否定了内心的暗伤。一朵花接着一朵花，惊慌失措
轻轻压住去年的已消逝的星光

避世的蚂蚁

昨天，在花路坡，我遇见一只避世的蚂蚁
它和香茅草、水蓬、茇茇草相与为邻。它说："要躲开夏天
也要躲开冬天——夏天太过分，冬天太苍白
我有一间可以藏身的洞穴，空无一物
只供我怡情，生病、苍老，或者埋下肉身。"它说
"我有一对生锈的刀齿，多好的刀齿啊！供我扛起
愧对的人间、我遍布罪孽的底牌、我悲从心来的谎言
还可以裁断我们蚁类的哲学、美学和人生观。"

它说："你这个人类啊！你们多么无用。"

可疑的往事

天黑了，灯光无所事事，书页上的文字出处不详，陷入回忆
——有些句子恋爱了，“彼狡童兮，不与我好兮”
有些句子隐居在“云深不知处”，有些句子袖着手饱经世故
在我读到时发出冷笑——它们笑万里河山
笑我没能参加的合唱。那些词牌的调子隐藏在泛黄的册页里
在遥远的过去，我们的来历有着药草气息
艳遇、战事、离别、盛世——往事只是几页纸张
我们复制的部分清晰得可以认读，读破的部分值得怀疑

大风歌

大风喝多了——提着桃花的灯盏，在山上找不到回家的路
我只好跟着它跑。大风喝下了一条河——隐居的青蛙
发光的石英石，槐树的骨头和零散的砂砾将一条河泡成药酒
大风摇晃着，呼喊云朵，抓不住一株去年就枯的茅草
我与大风在山上对酌，它扶着我——我满眼无限山河
慢慢醉倒，深深陷入人间

一个在屋子里的人

一个人在屋子里与自己长久对峙，手持失血的词语
一个人在屋子里拒绝打开自己。高处和远处的众神衰落
时代在飞鸟翅翼挣扎。一个人爱着自己的斑驳
像一部佚失的册页。一杯白水里盛着最后的谜语
屋子里坚硬的微光收藏与自己相反的神

这是一个缩小的国度：春天藏在另一部史书里。美学不明晰
——那美，有些陈旧的色彩，像一部旧戏
用靠近北方的方言表达意图
“公子，楼上请”，打开的书目用文字在提醒路途
暗中有人低语：来吧，这缓退的时光里命运只是简单过往

诗篇

上周，虎峰的岳父离世。周末，我姑父马守科离世。昨天
同学曹金离世——他们都是人间宏大诗篇中散佚的段落
修改时，被一双大手轻轻抹去。今天
清真寺在清晨多余的光线中无比巨大

永夜歌

是的，人类的阳光不在了，一块更暗的石头压住了一切
石头下面的黑火焰正在烧灼人类的疾病，溅到天空时
发出星光，像是对布满大地的梦迹微小的致敬

致山垣

现在，牧羊人也该睡去，一些羊群起伏的身姿比山垣曲折
现在，星火照耀人类，绸缎般柔软的梦迹缀着细雨和青草
现在，一个人在内心的谣曲慢慢低下去。在山脚
没有鹞鹰，没有紫槐，没有风雨，没有远方
也没有人间的荒凉，哦，没有空作姿态的戏剧唱腔

留给某某某的便笺

某某某，你好，今天下午，我涉江取火
我的借口就是文言文典籍里的一个隐喻
我们相隔的街道汪洋恣肆，一个岸和另一个岸
中间缺少摆渡的舟楫。那么遥远，那么遥或者远
某某某，我今天只想你，一朵花想着一只蜜蜂
已经是春天，多么美好。路边槐花香气浅淡
我们的对望你不知道，你已入梦。那梦里的火花
在路边掉落一地——楼下阴影处躺着的乞丐
面带笑容，披花入眠

异乡人

离开被蒙蔽的火，以内心的光亮取暖
给自己一个明亮的正道。走在这路上
我们都是寻找方向的人。我们经过流风晚云，山峦河流
我们无法给自己交代，只以节日的颜色照料内心
你失去的并不是需要遗弃的，而是我们需要的
当那些颜色不足以图画我们的前途
异乡人，留下你的影子，我给你风，给你夕光
和微澜，给你来路上的风景，以及异乡的路途
以及异乡人在念诵的经文

留言

——致陌上

不用太多的细节：大海的故事可以浓缩为细流
它的美在于沉沦，在于一阵风掀起的微澜——
微澜折射的阳光掩埋的秘密，沙粒不断被冲去——
而后，又被拉来，像互为补充的矛盾对立面

白云歌

白云在天上，它们高于山巅，像一池丢失游鱼的春水
我来路艰难，去路在白云覆盖的山川——这不可预测的旅途
我心有惦念的人：我已忽略了风擦拭的隐匿的城池
我们尚未相见。你若在人世，我心有白云气象万千
你若老去，我就写一首关于云朵的诗
——让你被山风慢慢托起

我也有满目星辰的爱

我有寂寞两千五百五十五天。是的，就在昨天，我算计自己
我刚刚撕去一页空白，留下越来越小的星辰，供我沉默
“阴虽有美，含之”，我心安理得地失守了一个盛开的人
“黎明的花朵”在穿城而过的河流岸边释放稀薄香气

我也有满目星辰的爱。她睡去后，有明月修饰她春天留下的
波纹，她的挫折的风，她的病。星星在树梢幸福得体无完肤
——我夜晚的爱空茫如幕，从高处慢慢落下
像流星，在落地瞬间照亮群山撑起的浓浓墨色

春天，带着火焰的人群已经发芽

茂密的人群突然就像从大地上长出来：他们互相爱抚
雄性把种子深埋在雌性体内，像植物一样开花结籽

啊！春天！带着火焰的人群已经发芽，他们带着各自的
相反的爱情，收集阳光和水分

他们的伦理是一片无辜的火：
有人在山上印证苍茫，有人忙着赴一场硬心肠的红白盛宴

你看那些发芽的人——他们的喜悦限于一个单音节词：啊
春天苦短，春天里的人群都攥着手指握紧发烫的名字

雪以后

这冬日晴好，雪花纷纷亡逸：它们颓败得比春天的花朵还急，
急得没留存下来到人世的依据。我驱车登山垣，向晚的夕阳
提着橘黄的灯笼走在山脊上——山湾里小团的亮光忽闪
那是谁的？山下，小城里的灯火一盏一盏都是温暖

它们整齐地沿街道画出线条，把我们的生活拆卸成三六九等
我喜爱这深层次的冷——可以哈气直腰，卸下一部分沉重
回家路上，我保持晚风的诸般辽阔，在路过坟茔时
能清晰地看到枯黄的茅草还长在故人坟堆上，迎风晃动

念去去，时光陈旧如摇曳灯烛

我总以一颗迟钝之心回到过去，回到地理学的动词
我无法数清收集到的温暖病症：咳嗽是翻开笔记本找到的
胃痉挛再犯一次——我使劲按住，时光陈旧如摇曳灯烛

那时，我在打碗碗花微小的白色骨朵上心有企图
我还记得一个名叫马耀成的小学同学沿街乞讨
他用分币让我保持秘密。现在，灯烛暗淡，我想着一个人

他已消瘦死去——“逝者如斯夫”，时间的河流久远
今晚，三百公里之外地震。我已失聪，内心的火
殃及一行简短诗句。念去去，所有的归宿都交出颤抖谜语

山歌行

我说的故事比较遥远：那时，我们带着风
我们的路途有着起始没有终点。沿途的黄土路
隆起或劈下的浅白色：柔软、单调、暖和
它那么长，有着曲折之美——爬到高高的山顶
我们在沟壑边缘忘了人间
山上的槐树黑骨头自有参差皴法
几朵野花咬紧牙齿，花蕊尚未暴露秘密
几只野雁？乌鸦？向西抑或向南飞去，归巢
我看着它们卸下语言

我们的故事有着美好的结局：我们像没有出处的诗句
保持对仗，随后而来的风有着美好的悲伤
也有美好的歌声

小城生活中那么多的比喻句

我喜爱这小城里的烟火气：那些流亡的云朵牙齿老了
啃不动西山上的老槐
那些疯癫张狂的老槐舌头软了
说不清阳光的部队的阵列
阳光用大段的排比句修饰小城中的光亮
是的，它们存在暗喻

我在这小城只配拥有诗句和花朵
还可以默念一个又一个人的名字
有一个是你，有一个或许是你
不关云朵、老槐和阳光的事
是的，小城里的生活中有那么多比喻句
我比如你

“微笑是一把刀子”

元月七日，晴，清真寺门前，昨夜的雪依旧蓬勃明白
我来此完成功课，举意礼拜。我有诸多罪孽：此身需洗礼
此生矫枉过正——那些头戴白帽的人和我是一伙的
我们走在一起，严正端庄，不愠不火。那时，正午的阳光
直直劈下来——正午阳光有的是力气，照到我们身上有暖意
我们急于进清真寺去鞠躬叩首。要饭的二虎头顶白帽油亮
坐在台阶上伸手乞讨，路过他的人都面带笑容——我也是
他身上霉味十足，不洁，不净。我们笑他臭烘烘——
我们的笑声也有的是力气，像一把刀子，稀薄锋利

去异乡之谣

我在异乡白发疯长，这里没有我的证据。我身边有虚构的人
在身后像个影子。我的路途有形而下的河流、花朵和苍穹
我在这陌生的异乡，作为一名观众，慢慢拉下月亮的幕布
擦亮人间隐喻的戏份

桃花歌

桃花决绝地开了。我甘心落难于三百亩桃花的笑容
它们的鲜艳巨大而遥远，让时间的风暴侧身，让我无处落笔
我写的字句肥大，梳理不了《芥子园画谱》的瘦枝条
我承认：我的说辞里有伪抒情的花朵，即使它们惊悚的红火
烧得我体无完肤——我还是要祭献。我写的不能唱出来
不像唐伯虎，他曾扶着春风的肩——春风衰老得无比厉害
语气陈旧："别人笑我太疯癫……无花无酒锄作田"
春风"老而不死是为贼也"——无处安身的花朵
如我，不是科举的败笔，开得自卑而宏大，何其辽阔
随处可见的失败者，举着内心的火，只照耀身世
我纠结于花朵（花开了，册页翻飞，阳光照耀凋零）
在北方，雪原仍紧紧攥住人民的迟疑。只是瞬间
可以用一个汉语句式里的词：炸裂！修饰略带迟疑地
开。你呀！一个老回回的论调，胸臆拒绝了酒杯
何须拈花微笑，只需守住乡野，像护家的狗
眼中有一座山垣的高度，在人称之间转换身份。人间徒劳
拿不出一枝独秀的证据，宛如训诂学的桀骜不驯

我以风为马，驰骋千里，每株桃树都是探出大地的刀
——披雪，暗火凌厉。我就是三百亩花朵虚构的君王
我唱道：花开何急，我欲牺牲，心有大泽，祛除不吉
花开两朵，各表一枝。我以叶瓣盟誓：一切恒久都是虚妄

路过马家大山

路过马家大山，我的视野之内：
遍地羊群只是过客
牧羊人身背苍茫群山，在风中摇曳
梭草怀抱焰火，槐树挺直身子

“峰峦如聚，波涛如怒”
从一个刚刚入睡的林边经过
我就看到风和风声
早已突围，呼啸而去

记录本

可以把一些有梦的时日分行断句，装订成册
把那些让我疼的部分摘抄出来，以备我莫名喜悦时复习一次
还可以把那些花啊！草啊！山啊！水啊！往来的人啊
都记下来，即使意义错字般泛滥在纸页上
还是记下来吧！就像一个三流木匠把完整的木头
砍拆成失魂落魄的木偶，给它一副幽怨善良冷峻的眼神
他照样看得世间一片温暖
我记下的那些字句也必能给我一段明晰的证词：
我误入歧途，字迹潦草，拿着亏欠人间的厚厚账本

关于爱情我有我甜中泛涩的说辞

我们在一起已经不是美好的对仗
不是海枯对石烂、花前对月下
甚至不是比翼对双飞。现在，我们是彼此的深渊
是每一页日历被撕掉的荒芜

也是一株打碗碗花多余的两片叶子
我只在你日渐消瘦的影子里心安理得
你只在我日渐发福的说辞中度日如年
像一副碗筷，盛着个中滋味喂养另一半虚无

青草谣

——致土耳其

那个遥远的国度是我不能了解的
需要找到一个暗藏锋刃的夏天，从巴尔干坚挺的雪松林
绵延到高加索大草原的幻象，才能完成叙述
伊斯坦布尔该用汉字的笔顺
给那些青草一个说法：阳光覆盖的岛屿失去记忆。在土耳其
无所畏惧的水在爱琴海丢失波浪
青草在大地的诗行布满潮湿新鲜

半夜，突然想起一个偏旁是木的女子

这夜色多么不相宜
昨天的雪迹泛着银亮的光，那么微小

我心里豢养的花豹眉眼圆睁，毛发竖立
咬牙切齿——牙齿上闪烁雪光

我囤积的词语不够用
不能把这不相宜的夜色带到梦里

书桌上散乱的诗书在赞美什么
里面关于花朵的字句都已萎缩

现在，你还在做梦吗
你那河流般的身体也会泛着光吗

这人间安静
不够我试着表达一头花豹默默的细语

每一页日历都像荒芜被慢慢撕去

我遵从姓氏，心怀温暖病症
表达的语气里有石头的矿物质
肉身里的盐，有时收集一些疼痛、欢爱和喧哗的风声
世事如棋局，风云气象说来就来，说去就去
我怎能再一次责备自己找不到还乡之路——我想离开
在来和去之间我徘徊不定
我以字为生，是一个有神论者的空白
每一页日历都像荒芜被慢慢撕去
我爱虚无，我爱肉身里的旋涡
我能拿出的，是我不可或缺的
人间啊！未曾泯灭汹涌的人间

我在半个城的简历

在这西北的这个小城中
我反复练习成长
抱火入眠

我的履历表上写着：
一岁学步，七岁上学，二十四岁结婚
目前，三十八岁，两个女儿花开两朵

父母已深眠于城东的回族公墓
坟头的草每年绿一次
又会被来年的风吹灭

这小城也虚荣地繁华
习惯于被一条小河和三座山峁
不紧不松地围着

我曾外出过几次

走不远就被低矮的山峁或者
浑浊的细流找回来

只有身处这些头戴白帽的亲人中
我才会与自己握手言和
不在爱和悲喜中过于繁杂

深秋过黄河速记

我保持流淌的样子
隔着我，汤汤水上
云朵散乱仿佛冰碴子——隔着云朵
再向上青灰色调很淡

我心生罪孽
水中的腥味并不轻松
云朵不是苍白的纸页
水鸟高声叫出的标点无迹可寻

过黄河，河水是旧的
在拐弯的一瞬间，我看到了：
之上，有些高，之下，河床上的干草
铺开了一望无际的坚韧枯萎

假设的谣言

在夜晚，我内心有敌人发出嚣叫，用新闻语言抵消一个苹果的光泽。没人给我钥匙——天空被无边的黑举起来，高过更高的黑。那个失踪的孩子抱着火焰，他的脚扎在泥土里像细致的根系，留给报纸的背影找不到悲伤。你看那被风肆虐后的荒野——那里有香茅草，它微小的花蕊有着金色的光，充满欲望的味道。它的反面是美好的，在自己的地图上延续历史遗迹。向下的光已深埋于土地。我听不到关于这个夜晚的续集，或许我能，或许是有预谋的假设。拿去那孩子多余的感官，让他失去听觉，闻不到花香。他身边的小狗吠声波及一块不太完整的夜色——那是我分行的描述。总会有人手攥紧手指，告诉我星子恍惚的消息。我不能支离破碎地表达疑问。我内心的敌人手持刀斧，伐斫道听途说的真理。我自言自语，我丢失花朵，我已不能开放，我没有光。在这满溢失意文字的夜里，有人敲门——那是我的仇人。他的微笑有露骨的温馨，带着浓墨漆染的残酷。我只能离去，像一出剧目被剔除的路人乙，处身事外，用针扎指尖的疼代替叙述。

河畔

一些树木手拉手多么亲热
它们围着水——一条延长的河流
迈着碎步子

我在河畔观察它们很久了
当它们相互悖离
微风会乘虚而入

我毫无可比性，在它们中间
我逐渐泛绿，变细
并没有爱上它们，甚至其中的一个

一条河流液体的表达
有些浑浊。它们试图
突破围困——退回去的时候
四只乌鸦伸着隔膜的黑翅
掠过上空，显得陌生

去山阿

那片蒿草如此团结
它们神情满足，枝叶烂漫
在山间，树和草，乌鸦和麻雀
都有庄严气概
石头浑然一体，黑若点漆
白如粉淀。我被它们过度簇拥
显得局促不安

我穿黑褂，抱紧拳头
面对石头鞠躬
小生有礼了

我必将离去
我去山阿
我归于林下，隐于山阿
我一步一步提气

有野生的想法我也不挽留
有生发的企图我也不打点
我闲言少叙
我“不拘小节成名节”

河流事件

今天，风很大
大到遮天蔽日，我无法判断它的来去处
箭杆杨的叶子果断地守住去路
河水不卑不亢，即使有朵涟漪
也旋即稳住流向
安然自在地淌出一行湿透的句子

黑蚂蚁细致地给每段不成行的寸草
打上逗号——我宁愿那些摇来摆去的寸草
有着诗歌的品质
河水不忧伤，它在拐弯的时候
翻卷一些热烈的气息
比一个人的体温稍微暖和一点

风无处不在。“起于青萍之末”
“流水不腐”，窝在心中那些卵石般的事件
有些是上游的，有些也会在下游找到

渊源。河流身边景物鲜明，大风雄起
我被戛然吹开，在河流的某一段成为一个
单调且坚硬的物件

塞下曲

我不骑马，我坐车
在高原狭窄的路上走向云朵的落脚处
长树短草，长垣短峁
长天——挂在山边

我不奢望富足或失落的王朝给我明证
我满眼“春色未曾看”
“处处黄芦草”长得茂密端庄
我在西北高原

天狼星被积雪覆盖
我慷慨心声
只见烟尘，只见北风吹着草
吹着我华色渐失的万里长调和
五言绝句的阔大背景

西安

——致 X

突然就想到了这座城池
冰凉而静寂的碑文
冬天披雪的旧年历

那里有个人
驻过三十年
说话不押韵

我想起时，青砖蓝瓦
回复韶华

我言不由衷，一个城池几近暮年
那个人风景阑珊
使我一一拍遍阑干

清水河畔所见

我不愿意说：那几只野鸭还住在水中
不，它们住在水上，一个紧贴着
另一个。它们没有房间号和身份证
即使一个爱上另一个
也是直接的（我没有忌讳使用判断句）

在清水河畔，一半的冰闪着冷峻的光
一半的水依旧暖和
我用人类的文字写它们
水面上的波纹里有一圈一圈鄙夷的水色
和风吹的痕迹，不是象形文字

我的理论徒劳无益，是个伪命题
（我没有忌讳使用判断句）
我写字的双手没有羽毛
不是翅膀

薄阴天

这不合时宜的天气，不存在
方向感。薄阴天，黄土地
我写到过的植物和动物都直立着身子
在鄂尔多斯台地和黄土高原交接处
田野平缓舒整。我在这里失聪
空气中满是石头一样的重
黑乌鸦要飞起来很不容易
我比一棵香茅草还要
低沉

白杨树衣衫整洁，器宇轩昂
鄂尔多斯台地不突兀
黄土高原还是欠缺落花流水
我看不清大丽花的脸
只有一簇拘谨的红，一簇隐晦的白
这不合时宜的天气，大地已深埋自己的内心

十一月二十八日，预旺镇，沿途残雪

那些蒿草已记不得我的名号，它们老了
老得仓皇，老得不是我与它们初识时
用绿色口吻打招呼的模样

它们脚下的雪也没有力气化为水
——这是我在预旺镇沿途所遇

我到预旺镇时，物是人非
沿街残雪留我白眼
只是尚未迁离鼓楼的野鸽
在上空向我叫出的一片蓝天
依然博大

山赋

我当对你说：我远离了它们，远离绵延之山
我的描摹抱残守缺，即使山巅在弥补青空的高度
低处垂云历练风
一些无名野草走在同一条路上

我不愿打扰这静
雀群只散布槐树枝尖的黑
一只，两只，三只，甚至更多

这无用之词不能形容
“峰峦如聚，波涛如怒”
我当对你说：蒿草衣衫陈旧，我看青山寥廓
或许沉重，一起一伏之重

笔记体日志

二〇一三年十二月十八日
零点五十二分，天空弥漫的黑色还软着
我还趴在一页纸上计算昨天的得失
欠马智三千元，给女儿买唐家三少的书
一箱酸奶二十二元
我想，我还在生活的表象中

读汤养宗的《人有其土》，我的土
海拔三千，鄂尔多斯台地
黄土高原，有高度也有难度

这个冬天还缺少一场雪的修饰，院子里的槐树
肯定霸气十足
我需要喝水和使劲
这一天是十八号，外面还是简单的黑
一团混沌的黑
好像再提示我一边放弃语言
另一边忧心如焚

自定义的草

山坡上那些草是自在的
没有驴唇马嘴羊齿之类的胁迫
它们无所顾忌
愉快地在雨水和细风中
按照自己的意愿
一节一节地长。有的斜。有的直

甚至，有些面带枯容。有些发色泛黄
有些乱成写实主义的油画
循规蹈矩者有之
标新立异者有之
没有罪恶感。不庄严
这些自定义的草在一面动荡的山坡
至少不世俗

这样一个夜晚

我羞于用比喻句式
星星已被一些苍白的比喻磨亮
月亮也因羞怯而于西山推迟悬挂

这样一夜也不应用拟人句式
星星照样亮着
月亮的一半在空中，一半在水中

“像很多个夜晚”。即
夜晚像夜晚。这样的废话
在诗中，会被窗外愚蠢的蛾子嘲笑
会被槐树铁锈的枝丫嘲笑
会被大丽花的一个粉刺嘲笑

这样一夜，也该抛弃排比句式

东海之滨写大海

今天，我写大海，在东海之滨
恣肆之水是物象的。一个接一个浪花里
藏着意象沉沦的白沫
我看不清它的边际
他湿透的前襟泛着蓝光
水面四平八稳。四野只归于它
包括一部分天空

它洗不净我。我涉水
沐发。浑身满是这个时代
带有隐喻之意的细砂

冬天

可以留给我一小块冬天，一小块它的
雪，一小块它冒着热气的冰
都放在我发烧的额上
让我灼热的血液里保留寒意

我只需要一小块，像针尖一样
刺入我满是岩浆的体内
必须这样——我用它冷静
像一块石头面对人世一语不发

西山辞

我记在笔记本上的句子如下：

一道门槛挡住积云向西的脚步

旷野多么低沉，我烙在地上

像灰烬的影子是暗灰色——那不是我

我远离西山，一点一点地在暗中磅礴

今年

今年
我没有大事

我看过的书旧了
走过的路还需要走几次
这个小县城的一些房子已经拆了
另一些房子一个一个叠在一起
像一本旧账

二十四节气尽失繁华，跟去年一样
沿着北温带转了一圈

岁末年终，我理不胜词
年初的雪睡在一场雨里
自春而夏，有那么几朵花
在秋季的预言不完全正确

山居一日

不能轻视芨芨草尖刻的叶梢
它们试图表达风，表达土地的深渊
在山中，也不能轻视红蚂蚁
它们的社会井然有序

我不比水蓬草上歇息的克里姬蜂
见多识广。风刮着
潜伏在槐树里的火就烧出
绿色的火苗

山居一日，我胸中云气澎湃
众多草木和虫豸气定神闲
山峰直逼宇宙，一起一伏，卓尔不群
都是我头角峥嵘的浩大背景

晨起，沙尘怪谈录

“屠户宰杀了一片月光遗失的余晖，刀子滴下缓慢的疼。”

“风沙四起，槐树和箭杆杨在诗词的郊区论证世俗的美学。”

“我爱着天空，爱着上空神的云朵——有着虚无的色彩。”

“这沙尘有着浮动的气力，像屠户微笑着面对牺牲的羔羊。”

“我……我还背着昨天的影子。我是回族，我重新领命。”

“是的，这沙尘四起的文字和羔羊已经解脱，确实如此……”

一首小诗有赠南方

聂元松说湖南桃已经花开了。北方才二月啊！昨天的风吹着
今天还没下雪。地上的黄土都长了翅膀，飞到了天上
像一场来势凶猛的起义。这硬如卵石的北方，可以修正苍茫
也可以一直延伸到南方。这时节，我有做一个诗人的想法
穿宽大黑衣，站在沙尘四起的北方，面对南方以书生语气
吟诗一首：我有黄沙千斗，羞煞南方桃花

聊天记录

不知道写什么，星星即将睡去，诗书已经阖住。我还记得你
你的留言中满是对人世抗拒的苟且。我们都是凡人
能读到的诗歌只是一条河流：逆水而上的往事门窗洞开
顺流而下的悲伤依旧闪烁荣光
所有的故事只是坐而论道。有些字句匕见血溅
那是你说给我的
我只是背着月亮唱歌，语序里满是悖论
你可以用回车键，删除那些需要的遗忘

三行诗

我可以把黑夜留给自己——在这人世的不羁之旅中
守护内心虚妄之火。以星光之名，确证尚有未尽留白
东山被压陷下去的部分刚好有一只鸟披着光飞过

故事

——有人骑马而来。不可预料的星宿照耀了欧洲的
海洋和山脉。一段爱情，嵌进了亚洲腹地。昨天黄花已逝
今天的故事在河流里还没找到结局

凤凰

——致聂元松

传说中的大鸟在水边安居，我想这美就是雌性之美
最柔软的部分是沱江——水无痕迹，曲折而行
低处的天空荡漾波澜
我到来时：那些刻意的绿照料了人世
吊脚楼身披斑斓微风，石板路不能抵达山巅

“仕官大神，把门将军，诚心敬奉，保佑我们”
白虎嗅花，八部大神以草为歌舞
我在他们脚下，一朵飘忽的云朵牵着我的影子
这环山临水的地域，诗歌一样呈现的
是花朵、是梦迹、是持久的喜悦的光

黑套子村

这窄狭之地使我偏爱空阔荒野
偏爱繁华的玉簪花——它们只开两三天
然后剩下固执的枯萎

冬天来了，我宁愿是黑套子的
每一个——一棵草，一只羊或
一股安静的风

今年冬天不冷，香茅草还存在失误的绿意
圈养的牛犊眼光和善
我在这里，我隐藏了普遍的热爱

再写宁夏

他有着赭黄色的肤色，背面的
贺兰山上槐花高歌。窑山如一节脊骨
埋着黑色的血
正面的六盘山上几棵松树
秉持年轮

他身侧的黄河是浓稠的
血脉，岸边散乱的牛羊
啃食了一千个日月

他没有丢失殷鉴的辞章
他是宁夏，又被称为塞上江南
沙坡头上
有一头野狐路过时目光浑浊

我的兄弟马生国

同心县马高庄乡张家井社周家川村群山环绕，沟壑纵横
这里的人如今仍居住在山畔挖成的箍窑中，靠天吃饭
我的兄弟马生国是这里唯一的初中生，九〇年他没钱辍学了
我的兄弟马生国担任了代课教师，每月工资五十元
我的兄弟马生国与二十六个小学生相依为命十五年，垫付学费三千元
我的兄弟马生国九四年结婚时山腰上土坯房的教室塌了
我的兄弟马生国一脸无奈，与媳妇商量了三天
我的兄弟马生国把结婚的新窑腾出来当了教室
我的兄弟马生国九五年夏天带领六个三年级学生到中心完小参加汇考
我的兄弟马生国在细雨中与同学们排着整齐的队伍
我的兄弟马生国在爬上山头时看见一个学生滑到悬崖边
我的兄弟马生国费尽气力把学生拉了上来，自己却滑了下去
我的兄弟马生国腿骨从血肉中折出，在垣地上划出一米多长的线条
我的兄弟马生国瘸了。拄着双拐，欠账近两万元

我的兄弟马生国九六年交了入党申请书，请党组织为周家川
　盖所学校
同心县马高庄乡张家井社周家川村二〇〇四年盖上了新学校
全村乡亲喜气洋洋，我的兄弟马生国坐在自己的新教室前
露出笑脸，就像他从未经历苦难

姐姐

姐姐，你苦水井边的影子是我种下的
姐姐，你撒在鸡子前的心事如今已长大
姐姐，你红纸窗边的黄月亮又缺角了
姐姐，你如今在谁的篱笆下栽了几朵花

南华山

将一万棵阔叶松的心愿挺立于南华山之南
在雪线以上——肃立的针叶松有时
在风中发出啸声，像是一段颂词中的和声
响在南华山阔大的胸怀里

花儿

在黄谷川，沟壑比苍老更甚。有些人埋在山畔
傍晚时分，躺着乘凉。天空的悠悠白云
也可以落在山顶——它们也是躺着的
这样无所事事地在山里行走，体内只能存留
两级的微风

在沟壑边遇见的四朵苦籽蔓花
一朵粉的，一朵蓝的，两朵白的
像四个人各有不同，无所事事地开着

河西

——致长伟兄

这里不是他乡。这里的风已退守南方。沿着 S101 线
布满的村庄里都是我们的亲人，沿途的槐树也是
那时，我们在河西领受乡间余欢
如今，那条河汤汤地瘦
山也黄了

这里也是故乡。初春的落叶还压着大地，压着多余的疼
晨曦映亮河水，夕光也是——泛着光的部分总是最美的
像银子，也像金子
我们的亲人比河流缓慢。他们容易苍老
容易在我们离开时折下刚刚打开的花朵

落日

人间已没有信笺邮寄。我们都需要花朵
白色、金黄色、红色都是给亲人的问候
谁能拿出一块剩余的云给即将来临的黑夜
群山撤出视野，大地藏好河流
每一棵梦想飞翔的草，都放弃了多余的颜色

现在，落日走失，有人假寐。信笺里的花朵
虚构寂静，有人在梦中忍住了褪色的悲伤

马强打来电话

“黑城子适合睡一觉。这里阳光在花朵上是静止的
没有色彩，竖下来的光线适合在石头上刻下白
满山的蚂蚁都是山大王。它们爬满山坡
面对青草并没有停留。它们发现绿，抛弃绿
只寻找命运多舛的虫子。有一个异类，咬下一片绿色的
草叶，像举着旗帜，走在最前面。人？都戴着白帽
和我们一样，饮食富足，喝下的水来自河流
谈论的都是粮食”

关于我

我肝胆不相照

我有节肢动物的胃消化抑郁

我接受诟病、谬误和心境上的锈斑

我保留目光的质疑和含糊的清白

我在你们面前失语

我只收集我爱着的或浅或深的伤口

清水营堡

五月不是我的
我的五月在清水营堡的另一面
翻过一截土筑的长城
离我五百一十五年

遍野的莎草把风举在头顶
我描摹它时只用粗线条
它们的四肢破败，茎秆沧桑
已经向一朵挂在山坡上的云朵投诚

在清水营堡
我路过的那些残砖断瓦都有着美好的过往
像芨芨草泛着青绿
一座城池的影子摇晃，安静、饱满

这个春天过于庞大

——是清水营堡的春天
天空赐予的光亮着
我在清水营堡斑驳，现已失存

窑山

只有在秋天的雨水之后
荞麦花才会在窑山认命地铺开
凌乱无序的颜色，迎风摇曳

还有糜子，只是绿
滚烫的绿，暴烈的绿
盖住了黄色山峦

两个担水的女人
脚步沉重得像担着海洋
在荞麦花和糜子之间

我深信那些水在窑山是坚硬的
葱茏的，高海拔的
是从天空流下来的

今天，三十七摄氏度

突兀的热
温度破坏了语气，在草叶下
找路的蚂蚁发出短促的词——呼
它顺便挥出短促而抽象的前肢

远处，一条河里盛着液体

槐花歌

合唱，数以万计的白嘴唇
嫩黄的舌尖有音符的余香
一树槐花发声
一串有着低沉的低音阶
一串有着明朗的高声部
她们都汁液饱满，情绪透绿

一朵落在我头上——我已头发花白
如一株攒着年轮的槐树般的安静
我左手枝条翠绿，右手的绿叶
比贴窗花的玻璃略厚

我也张开嘴唇——有着与槐花
不匹配的红
我的声音有着浊世的腥气
她们却有庄严的白，我面带愧色

“南有乔木”，北有纷繁的槐花歌唱
声音穿过坚硬的风沙、夜色，在一个刚刚
发芽的人深处柔软

即景

图书馆门口的燕子已经开始恋爱
同心大道没有人路过，两旁的槐树都是
良民，中规中矩地排着队
拐过丁字路口，公安局门口站着一群人
他们嘈杂的声音是唯一能传到图书馆阶梯上
看书的人耳朵里的声音

雨水歌

我记得七八年前有过这样的雨：茂密而浓烈
像一场往事。如今，穿着风的长袍，雨像
一枚枚钉子，钉住一棵棵刚探头的草

如今，我不在城市
在乡村的路上，一个女人背着玉米经过我
久违的情节。我隔着雨和她擦肩而过

像一个城市和乡村擦肩而过
像一个时代和一个过渡擦肩而过
像一个人和自己擦肩而过

风中

在远处，风吹得慢，只有在附近，才吹得如此忙碌
天空，云朵推迟了抵达。庭院里的
低矮的灌木举着花朵粉色的静寂
风吹过了时间，吹过了站在门口的法图麦的衣衫

有些细节描画得不够彻底：羊只在墙角吃下槐树的叶子
它们嚼碎绿，喂养了白。更绿的玉米在庭院外，一排排
整齐地直立着，风吹叶响
像一棵玉米，除草的法图麦被风吹得微微弯腰

在一个叫玉池的村庄

马俊军家的羊圈里的牛羊抱有牺牲之心志
田野里的玉米在此活着
马俊军家的电三轮拉着革命的铁锹、镐头
水渠边的大丽花还没打开自己。在我这个外乡人的眼里
玉池村散养的云朵和孩子都是自在的
离县城三十五公里，马俊军在另一个世界保留农耕时期的
自闭症。清真寺里诵读的经文传出时
夹杂着马俊军老婆的喊声：不要回来，午饭我送到地里

面对一座山的空茫

只在路过时抬头，一朵云在空中驻足，没有挡住麻雀的
叫声。我目睹了一场战争，风在敲打矮矮的灌木和莎草
我是从下面看的。上空，一只黄�子翅翼张开
一动不动，它心有慈悲，面对飞窜的黄鼠时合拢翅膀
我在山中无所事事，面对如此空茫
我觉察到的光芒都是空洞的
有着远离人世的苍凉

四月初

花都开好了：白的、红的、粉的、黄的在山上撒开的样子
像纸钱。风还吹着，轻轻地翻过山湾，吹过羊群
像轻轻的唱腔——上声部和去声部都沿着山坡曲折
那些刚探头的花和草叶仰着身子假寐
像坟头一样凸起的山包上，阴影处的花朵在风中不断仰俯
像在磕头

傍晚记

杨树的修辞是缓慢的，在傍晚的风中把叶子伸出来
向谁抱拳？缓退的光里有些陈旧意味。楼阁、小径
广场上阔大的空寂、隔河相望的云朵，都有陌生的距离
两只麻雀走投无路的前途一片清淡，晚来天色空蒙
该写的春天还在路上，我执笔写信，寄给你一片虚无

环城记

三环路与一片坟茔中间铺开的草色
在春末才是绿的：香茅草、水蓬、打碗碗花
落落蓬和一切草色都是从无到有
深秋才会由绿变黄

进城的乡下人
都住在旁边，他们越来越拥挤
丛草大范围缩减，缩减成一缕一缕
像三环路横着穿过去

现在，香茅草只沿着路边慌张地长
几棵水蓬挤在墙角，打碗碗花和落落蓬像是搬到了乡下
——屋舍连片，都在以前草居住的地方
现在还紧挨着坟茔

暮色

我怀念的深秋不是这样：清冷安静
槐树逐渐消瘦，麻雀早就归巢
没有风

我怀念的深秋是水声还在小城边响着
有些麻雀飞过清水河的上空时
能看见自己

暮色铺下来的时候
有些灯就亮了
暮色里的人就会暖和很多

火烧云

天空有火，烧着虚无。我在这荒芜的人间
所作的诗句歧义丛生。现在，我听命于东山上
几只乌鸦背负的信笺。黄昏的地址模糊不清
人间巨大的苍茫被沿途灯盏的余光一一映亮
我丢下经卷，一些火死无葬身之地

歉意

请原谅，我丢弃的纸页——未竟的诗歌里美学是虚构的
请原谅，杨二乃皴裂的手指——电焊工的粗糙的伤
请原谅，马有努第三次借钱——与农民工喋喋不休的相逢
请原谅，丁古拜低下的眉头——失地农民冬天的温暖

对于上访者的漠视和误读——都是我的错
都是一个中产阶级应受之罪证

斋月

回民的斋月里，我们保持饥馑
在黎明一线或暮晚暗霾中
才有人端着水杯：一片湖泊
照料人间枯槁的内心

记梦

那个醒着的人有可能是我
梦中的帝王，锦衣玉食
歌舞升平，气象宏大
说话用短语

方格窗外依然是均匀的黑
我放下笔，像一个黑色的魂
试图再次闭上眼睛
再完成一次奢华偷袭

朝向秋天的窗户

槐树不是静物
在八月末，放弃了几片还在绿着的叶子
已经有风声响在树梢上
它们讨论秋天的声音像风声一样
粗粝而直接
我只是一个旁观者，隔着紧闭的窗户
在春末，我也旁观过槐花义无反顾地烧出内心的火焰

远处有云朵相遇，轻轻涌动的光让我喜悦
秋天里，路过窗前的麻雀是否和我一样
突然失语，突然在自己的房子里想起春天旦的事
突然忘记自己，比云朵还轻。这秋天的静光中
默然呈现的事物分别是：一块简单的曾经照过人的镜子
一首轻轻触动心情的歌曲、翻开的别人的诗集和
位置靠后的无人可坐的木质座椅

七月

新月眯眼，打量人间
我在二十四楼，夜空里的星星伸手可摘
——哥特式的屋脊上那颗很小
照不亮人间

在二十四楼，我更像寄居于一棵参天水泥巨树里的虫子
风的叶子，玻璃的叶子在光线里流动着空幻
色泽艳丽，可以做月光的床
轻轻摇晃，轻轻荡漾

七月末，我自山中而来，寄身于孤岛般的楼宇
心中存有绿意。楼下人群的河流汤汤而去
闪透碎光，颓溃而隐秘，没有波浪
——天上的河流里微微泛出水光

遥念

还不见雪花。人间在左，左是一个祈使句
不用感叹词。我要创造的句式
“我想的人在建造寺庙”
嘿嘿，暮年的冬天不会有雨啊
雨是一条淋湿的狗
咬我，咬冬天，咬着人间的尾巴

你看：风又换了靴子
趔趄、浩荡，低垂右手，把去年的种子赐予大地
来年有一朵花轻轻摇曳

尽余欢

我荒废的夜晚漫长。山河抽象：风吹不动矗着的槐树
槐树不值得书写——槐树总是在凋落最后一片叶子
才把自己的骨头露出来，等春风再来
我还保留昨天的余温，给你的信笺上小楷写出花朵的抒情
不像个坏人，说往事，说掌故，说我还爱着你，像个孩子
一个字一个字的说
有时忘了断句，忘了像写诗一样，省略掉出处

草木论

草木也有失语症——在没有风的时候，它们不会说话
它们没有喉咙。它们的词语都是附加的单音节
我认为它们的哭声是——唰唰
它们的笑声也是。有花朵的苦籽蔓和肥大水蓬都是绿色的
老了的箭杆杨不是，它的躯干是枯黄的肤色
它们都是活在黄土上的公民
秋天放弃一个省份的绿，春天会柔软着想去年

河流

流水破碎，故事的漩涡还走在路上
只有河床上留下的苦籽蔓的白色花朵才会记起
夜晚，月亮在透过树枝间隙留下余光
温暖而静默

倒墩子村

——兼致泽平

月亮就像一个白字落在黑纸上
一粒白着的字，给倒墩子村指明了一条清亮前途
有一家灯火突兀亮起，在等谁回来？沿途的槐树、杨树
粗壮的枝干卷曲
用劲扶正一段路，用劲扶正一双回家的脚步

噫吁嚱

冬日，天空提着云朵的白裙子
一块蓝皮肤的旧时代，自天狼星下铺开
隐喻闪耀荣光：天上的河流倒映人间的戏剧
一个人耻于与风争斗，说出来的话比冬天沉重
“我的闪电、我的草木、我的白色
我的君王已经陷于黑夜，那里有块闪电的结石”

噫吁嚱！生者之美必将会被逝者呈现
一堆绝望的炭火烧过后，大地与生长者重新盟约

阳春

初春应有之景：花朵开在诗书的字里行间
有的开在天空：白色的、透明的——落下来
只为照料人间苍黄。向晚之风
扛着窃取的厚密云朵走在郊区的小路上
这时节，应该是一个人的盛宴
一个重新活一次的人，还有很多空白需要补上
另一个人的想念

相隔着楼宇都是万水千山。击节而歌者歌曰
“山有木兮木有枝”
“日月昭昭乎浸已驰”
我爱的地方：一座背山临水小城，有小段落的故事
在阳春次第出场的物事：手持大丽花的人艳俗
满面枝条的槐树告老还乡
南风吹来，实不能抚慰我心中戚戚

月亮

一公里的路。沿途的香茅草、大丽花、芨芨草和
水蓬都是安静的。村子就在不远处，沿途的路年已古稀
原野在暮色中铺开无边空虚，呈现的是淡黑色：潦草、单调
前面等我的人亮着：披着月光，有着陡峭的静默的阴影
我想在暗夜里敲响多年未曾响起的门声，未曾预料
一道光照着我，照着我二十年前就已昏暗的两眼烛火
以及蕴藏的微微刺痛的闪电

风云起

风云从不问世事，从不关注人类，说来就来
说走：麻雀还没飞起，它们就掠过河流，不见影踪
一股风吹过，荞麦的花朵藏着万古愁
一场雨下到中年，老年。暮年的云才会拧出水

让我来给你描述一场是与非的阳光照耀、苦乐花朵
以及低音阶的甜蜜。天空下的树木紧紧抱着度过年月
只是，风雨的章节翻不过去
我不好意思打搅青山辽阔。它们小，它们低于活着的云

岁已暮矣

一年来，我和我的影子说话。我的文字都已奔赴远方
它们在各自的纸页中表达，有些已深埋在书目中
自此再无消息。一年来，我还爱着——我不能妄言
那些致命的爱，也是颓废的、耗尽欲望的和少有烟火气的

现在，身体和诗歌里的美一样老了，册页泛黄，骨质疏松
这具破败的肉身空着，藏不下太多的秘密，还有悲悯
一年来，我的荒芜在纸页上丛生。在来路和前途上总有
圆月相伴，呵！年末之月，又大又圆，像个句号

雪花歌

李海霞老公两年前去世了，她有两个孩子
——两个生活学中的证明题
她在美容院里打工，一天只算够八个小时
2017 年 10 月 22 日下了一场雪——细碎的雪花
一片一片地飘，她只走了三万六千五百步
而后的风，吹得缓慢，吹得雪花落不下来

空白的声音

嘿！你还好吗？你看我所处的境遇：槐树伸出枝桠挽留雪花
云朵正轻，和雪花一样都是白色的
这个冬天的薄情之处在于风不再温热
昨天，我留给你的口信还没失效
我是让雪花带给你的六角形的致意——它曾给我歧途

现在，我回到山的舒缓处，那里的花朵都是去年的
像信笺上的字句——意义在于空着那部分，只适合默读
有人骑着马匹，峨冠博带，手持香草从古代而来
为你唱的歌谣没有韵母的长音阶，都是单音节的抒怀
过渡处的忧伤，以诗歌的节奏呈现，辽阔，且谧静

河上歌

“一片汪洋，莽莽苍苍，浪涛触天。遥不可及之处
有一个国度，是我们未知的——不能泅游。月亮指引河流
星星藏着谜底。那里有传说和经典，在戏剧里演绎过
分离之苦。雪花大得超出想象，像透明的天空掉下来
要盖住大地。我是胆小的，我得谨守这个时代的定律
只拿出一份爱，其余的留着写诗唱歌。”

“不可说：头上有三尺神明，他们无所不知。他们捕鱼捉鸟
享受树上巨大的果实。这片汪洋恣肆的水，是他们阻止
我们了解更大的世界布置的。百川灌河啊！我要记录下
时光的柔软，人间的渺小和巨大。后世的假象自有人怀疑。”

星期二，我在一条河边等某人，水波收留了天空。两只蚂蚁
在我身边突然聊起人间，声音舒缓，像在吟哦

今日之诗

——兼致唐果

礼拜五是神圣的，易于沦陷。我去清真寺，你爬山
遇到想见的人，都是积攒的功德

我要说：宁夏是全美的，适合抒情和叙事
你那里我不管——山一定青着

水——我见得不多，无非流淌
无非攫住一朵云，把浮沉的意义

再说一次：给你，给你夕阳断山
月出突兀。有人领受的欢愉和孤寂

只是今日，不朽之旧历
星期五闪动的：野狐、荒原、草叶和微光

花儿赋

黄花收藏金子
白花收藏银子
苦籽蔓绿色的细流上泛起粉红的小浪花
蒲公英在天空盛开
哦，风的漩涡是苍茫的
更快乐的云朵没有改变走向
在山中，花儿朵朵都有细微的繁华
五颜六色的庙宇都建在山坡
一朵垂垂危矣的马莲花，低头，说：很美

遥远之诗

2017 年是去年，和今年没有不同
枸杞提着灯盏，红柳在河畔消磨时光
今年，河水薄弱，云朵仓皇

今年，我没有多余的借口：我记录的都是信笺
一封给青海，一封给新疆，一封给遥远的西藏

相去离别辞

窗外有雨，像比喻句：泼天的水洒下来
把我留给你的音讯浸软——我用的方言直接而
紧张，表达的是离别。在雨下的时候
我们之间的空已经补满。倾斜的杯子
混乱的诗句、乐曲都是安静的。雨滴闪烁其词
只是，我们之间的火还在燃烧
这晚春之景，适合一个人离开
离开暗香涌动的花朵，离开
苍穹之下的栅栏透过的微微亮光

绝句

1

我以流水之声复习一段山峦的倒影
山上，有天空虚构的光荡漾
流动，曲折——你的影子留下暗
被风吹得恍兮惚兮，藏在云朵下

2

我给你念的经文使用的祈使句
像一株香茅草：细，薄，尖锐。嵌入嘴角留下的
酒渍。断续之星空提前进入迷幻
我承担了后半夜的漫长

3

有一节村镇蜿蜒小路。我们是掉队的人

路畔的燕芨芨草花开了
那么小
那么多，都是淡黄的火

4

持续的语言接受瀑雨，越干净
越长，牵着经纶和征尘
我有致命的欢愉
你的激流遇到峡谷

5

“我愿意，这花是吉庆的礼遇”
“我不离开，我守着你的坟念经”
“我缺失的盟约还在，只是光……”
“嗯！有蕴含的闪电的爱”

6

谁在逝去的黑夜杀害语言
光耀的清晨是有权利点燃红柳的
我们循规蹈矩的意愿
既是欢愉，也是苦难

7

当光还在暗淡的时候
当风声被集合的时候
当呐喊臻于无声的时候
当我给你一出剧目的时候

8

除非你确已明了
小城镇的相遇奉行古老的法则
我，将往哪里
你即现在

9

从一场盛宴退出，石器炫耀战果
转身离开今天的含义
我说：与你何干
那惊慌失措的花蕾

10

我写的，都是我的黄金

我给你的忐忑：成为纯洁的人
回首关山：一朵花开了
且喊叫，且香，且留下伏笔

火焰

我喜欢红色：玫瑰红、大丽花红、初冬的乔木也红，像火
像火焰呐喊，像火焰在叙述里延续的尾声部合唱——
未曾熄灭的，未曾被定义的，未曾救赎过的字典里的释疑
那是火。是的，一句低语道尽秘密：二十二世纪在
一张旧布面的画作中留下灰烬，留下隐喻的风吹着红色

月底

——致 Q

这个月底，地球这边的小镇里有雨
湿透的疆域里有三座山
一条河。一个人在小镇边界收集闪光的银子
等到傍晚，雨水会编织出紧密的歌声
贺国丰唱道：神仙也挡不住人想人
这个月，留下的影子就黑了
这个月，黑尾巴的影子从天空和雨水一起下落来
塞满目光所及之处，小镇暗处的光折射命运潜藏的东西
抽象的修饰词伸出指尖掐着一滴雨
你看，它透亮的秘密里记忆成分居多
落在山上，山是黛青的
落在河流，滚烫的水勇敢地流淌

摩崖

字和苔藓结拜——字埋伏在石头里
一些故事和过往在石头里红着，或者黑
坚硬而锋利
苔藓给石头穿上外套，像是把春天要挡在石头之外

时光之河，在冬天也不会断流
一年，十年，汤汤而去
肯定有人摩挲过题跋的那个名字
凉的，可是清晰

那些字像舍利子，意义还有待考证
无论喜剧，无论悲剧
“非巍然巨制乎？”
字上的藓芽安身立命，有白驹过隙的美

是的，山上的石头必有柔软之处

当月光照耀下来，它的暗影静寂，崎岖

没有响声

没有易碎的伤痕或爱恋的光泽

山花开

以前，我认识的花朵都开在野外
就像父亲的村子在城郊，孤零零的
自己开着。以前的花不会跑
现在，花都跑到山上躲起来。我的父亲
也躲到一堆土里。我到山上才能找到它们
面对一堆土时，我才会想起以前的花
有马莲、苦籽蔓、燕芨芨草、猫头刺……
遇到陌生的花朵，我就会问父亲
不用跑到山里。现在
无人可问

故事

我在半个城的四十年，多次提到过低矮山峦
有些屋舍里攒着铜钱，购买去年，今年。明年还在山坡上
有十里长河，瘦，且小，风一吹，没人看见波澜
我爱着的燕茇茇草抱着梦，在半个城畔的田地里
熟睡。它忽视河流，忽视山丘
五米埋着一节骨头。十里有个故乡。我不会给你说
我守着的：半个城里有人关着铁质门楣，拒绝信任
像古代。我给过爱——比如某个女人
比如一杯蓬勃烟气的带有地域色彩的茶
最后，都是秘址。只有我在说
嘿！没有故事，虚妄和真实都不可信

写给你

1

向晚之风送走过两个人。风不汹涌
却吹的如此不羁
我们路过的灌木丛中有小秘密，安静且寂寥
沿途山坡舒缓而曲折，像即逝的微弱的
阳光，还留有淡淡暖意

你说：没有花朵，我们怀念什么
那些不可复制的美艳之物
在山中才会如火焰般真实
不至于使两个人的孤独
相顾无言，无人照看

重复多年的黄昏还在弥漫。山里，两个人的
影子崎岖不平。树木逃离多年
梭草慢慢摇曳——它们内心的风暴发出

小小的啸叫。你说：这些有情意的草
该配有花朵

2

有一次，我是这样记下的：你把风从额际的
发梢拿开，把一条河流阔大的水从眼角取出
——没有惊扰岸边掠过的麻雀
你波澜不惊
你背对的尘世还有单薄的光

我留着自己的伏笔——高速路像一节便签
路旁的两只鸟儿正倾诉爱意
一只蚂蚱心有疑惑
它们不知道一个人专注地看着另一个人
恰好就是誓约

只有念及你时，灯火才会从心中蓦然亮起
你说：风和雨没有经过这里
当颠沛的春天走远，有一座小小的空城
供你储存守望的石碑
上面只有一个字：你

3

你名字的虚影是我要写的祈使句
很多年了，我给你说过，会有一首诗带你
返回山间：被你惦记那只鹞鹰翅尖掠过的
晴空，不只是云朵
——还有火焰

当轻快的风暗黜驻足之时
当云朵飘堕于水的空寂之时
当众星释放葱茏光华之时
当我写下无用词句之时
当你将谜底示于我眼帘之时

我不会封存我的心中的甜和蜜
我有爱。我用玫瑰的章节
治疗我的暗疾
是的，爱是不容易说出秘密
说出来的皆是苍白，皆是惶恐

4

这纸页不著一字，留下的白
像一面镜子：隐喻的爱意闪烁

真的，你所说的花朵的银器
蕴着娓娓闪耀的音阶
蓬勃、坚韧

现在我要说：你和我，我和你
不是能被删改的律令。披衣夜起的人呐
已身陷烈火的熬煎
不能用几行或深或浅的句子
证明——那是虚妄

你等着骑马的人。十二星宫里药草的
香气，必将是烘托的
在我之侧，初春的诗篇是伪证
我受命于内心豢养的细微的
喜悦

5

给你的云朵还在水里
水里的白，不比圆月之殇
水洗出的白才适合给你
我路过那条细流时，我知道
那里有你留存的依据

"我目睹火焰，噬灭魂魄"
无能为力
你怎能说明它呢
诗行长长短短的表达
如此浅薄

我可以指证：山上的风刚刚刮过
你就抱着深深的夜色
暗中的景象是低的，低于一朵花
一朵怀抱心事的打碗碗花没有言辞
——所有的爱，都没有语言

图书在版编目（CIP）数据

山歌行 / 马占祥著. -- 北京 : 作家出版社，2018. 10
（文学宁夏丛书）
ISBN 978-7-5212-0189-5

Ⅰ. ①山… Ⅱ. ①马… Ⅲ. ①诗集 - 中国 - 当代
Ⅳ. ①I227

中国版本图书馆CIP数据核字（2018）第197884号

山歌行

作　　者： 马占祥
责任编辑： 王　烨
装帧设计： 意匠文化 · 丁奔亮
出版发行： 作家出版社
社　　址： 北京农展馆南里10号　　**邮　　编：** 100125
电话传真： 86-10-65930756（出版发行部）
86-10-65004079（总编室）
86-10-65015116（邮购部）
E-mail:zuojia@zuojia.net.cn
http://www.haozuojia.com（作家在线）
印　　刷： 北京玺诚印务有限公司
成品尺寸： 152 × 230
字　　数： 120千
印　　张： 11.75
版　　次： 2018年10月第1版
印　　次： 2018年10月第1次印刷
ISBN 978-7-5212-0189-5
定　　价： 26.00元

“文学宁夏”丛书书目

《眼欢喜》 石舒清 著
《我们心中的雪》 郭文斌 著
《行行重行行》 季栋梁 著
《父亲与驼》 漠 月 著
《一条鱼的战争》 金 瓯 著
《换骨》 李进祥 著
《蛇吻》 张学东 著
《嘉依娜》 了一容 著
《头戴刺玫花的男人》 马金莲 著
《核桃里的歌声》 阿 舍 著
《稻草人》 赵 华 著
《塔海之望》 杨 梓 著
《西域诗篇》 杨森君 著
《篝火人间》 单永珍 著
《山歌行》 马占祥 著
《知秋集》 钟正平 著
《在一座大山的下面》 梦 也 著
《守护风沙中的一盏灯》 郎 伟 著
《张贤亮的文学世界》 白 草 著
《话语构建与现象批判》 牛学智 著